LE
BARBIER

DE TROUVILLE

OPÉRA-BOUFFE EN UN ACTE

PAR

A. JAIME

MUSIQUE DE

CHARLES LECOCQ

Représenté pour la première fois, à Paris, sur le théâtre des Bouffes-Parisiens, le 19 novembre 1871.

PARIS

E. LACHAUD	G. BRANDUS et S. DUFOUR
LIBRAIRE-ÉDITEUR	ÉDITEURS DE MUSIQUE
4, place du Théâtre-Français	103, rue de Richelieu

1871

LE
BARBIER DE TROUVILLE

OPÉRA-BOUFFE

Représenté pour la première fois, à Paris, sur le théâtre des
BOUFFES-PARISIENS, le 19 novembre 1871.

CLICHY. — Imp. PAUL DUPONT et Cᵗᵉ, rue du Bac-d'Asnières, 12.

LE
BARBIER
DE TROUVILLE

OPÉRA-BOUFFE EN UN ACTE

PAR

A. JAIME

MUSIQUE DE

CHARLES LECOCQ

Représenté pour la première fois, à Paris, sur le théâtre des Bouffes-Parisiens, le 19 novembre 1871.

PARIS

E. LACHAUD	G. BRANDUS et S. DUFOUR
LIBRAIRE-ÉDITEUR	ÉDITEURS DE MUSIQUE
4, place du Théâtre-Français	103, rue de Richelieu

1871

PERSONNAGES :

POTARD, rentier, 50 ans............... MM. MONTBARS.
GUSTAVE LAMY, 25 ans............... VICTOR.
ANNA, 25 ans...................... Mmes GUÉRIN.
CAROLINE, 20 ans................... J. RAMELLINI.

La scène à Paris, chez Anna.

La musique du *Barbier de Trouville* est publiée par ·
BRANDUS et DUFOUR, 103, rue de Richelieu.
La partition pour chant et piano, net............ 4 francs.
Valse chantée — Couplets — Boléro — Valse par Strauss.

AVIS. — MM. les directeurs des théâtres des départements
et de l'étranger doivent s'adresser, pour la musique nécessaire
l'exécution de l'ouvrage, aux éditeurs *Brandus et Dufour.*

LE BARBIER

DE TROUVILLE

UN PETIT SALON.

SCÈNE PREMIÈRE

ANNA, seule. Elle donne aux meubles un dernier coup de plumeau.

Une bonne domestique... voilà un article qui devient diffi-
cile. Mais je déclare bien que, dussé-je faire mon ménage
moi-même pendant dix ans, je mettrai à la porte toutes celles
qui ressembleront à la dernière. Ah! voilà un type, par
exemple. Je lui dis : « Comment, mademoiselle, ce n'est pas
assez de recevoir tous les pompiers de la caserne voisine,
vous mettez mes bas, mes jupons, mes robes pour aller dan-
ser à la *Reine-Blanche !* » Elle me répond : « Ça étonne madame? mais madame ne trouvera pas une bonne qui ne fasse
ce que je fais ! c'est l'ordre de notre comité. » Je ne sais pas
si je l'ai fourrée à la porte!... Le plus ennuyeux, c'est de

faire sa cuisine. (Elle met du sel et du poivre sur un mets préparé déjà dans une casserole et le fait sauter.) Il y a des gens qui n'aiment pas cela, mais c'est délicieux! Mon feu est allumé, je n'ai plus qu'à le poser dessus. (On frappe.) Entrez... ce doit être le porteur d'eau... entrez donc!

SCÈNE II

ANNA, POTARD.

POTARD.

Madame Anna Gobin, s'il vous p...

ANNA.

Ciel!... un monsieur... et ce négligé... cette casserole... C'est lui!

Elle porte sa casserole dans la cuisine.

POTARD.

Pardon, mad...

ANNA. Elle rentre en scène et passe vivement devant lui.

Monsieur... comment donc... prenez un siége... vous permettez... je reviens...

POTARD.

Mais...

ANNA.

Puisque je reviens.

Elle se sauve et entre à droite.

SCÈNE III

POTARD, seul.

Il paraît que j'ai effarouché cette dame!... Tant pis, j'en
suis fâché. Mais me voici dans la place, et je n'en sortirai
qu'avec Gertrude... C'est qu'il n'y a pas à dire, je ne puis
plus me passer de cette cuisinière. Gertrude avait pourtant
tous les défauts : gourmande, désagréable, coquette et répon-
deuse, amenant chez moi une foule de pompiers. Ah ! je n'a-
vais pas peur que ma maison brûlât... Ça ne pouvait pas du-
rer comme cela : j'ai flanqué Gertrude à la porte. J'ai pris
une autre domestique... ç'a été absolument la même chose,
sauf la cuisine, que Gertrude faisait si bien... et, entre autres
plats, elle avait une façon à elle de trousser un lapin aux confitures... dont je ne peux plus me passer... Vous me direz : Un
lapin aux confitures, mais c'est affreux !... C'est tout bonne-
ment délicieux... Goûtez-en... non, mais goûtez-en... et
vous m'en direz des nouvelles... Il y a entre le lapin et la
confiture... une certaine opposition de saveur qui irrite les
houppes du palais... et vous flanque un appétit... que je ne
retrouve plus depuis que j'ai renvoyé Gertrude... Je suis
garçon... j'ai quinze mille livres de rentes... j'adore le lapin
aux mirabelles... il n'y a que Gertrude qui sache faire ce plat
belge... Qu'est-ce que vous feriez à ma place ?... vous repren-
driez Gertrude avec tous ses pompiers... C'est ce que je
fais... Depuis quinze jours, je trotte chez tous les bureaux de
placement pour savoir où elle est... j'apprends qu'elle est en-
gagée ici, dans cette maison, chez madame Anna Gobin, 14,
rue Sainte-Appoline... J'y suis, et je ne m'en irai qu'après
l'avoir ramenée devant ses fourneaux... dussé-je la couvrir
d'arrhes...

SCÈNE IV

POTARD, ANNA. **Anna rentre habillée. On se salue.**

ANNA.

Monsieur...

POTARD.

Madame...

ANNA.

Mademoiselle...

POTARD.

Ah!... tant mieux!

ANNA.

Vous dites...

POTARD.

Je dis : Madame... Vous répliquez : Mademoiselle... J'ajoute : Ah! tant mieux... Voilà tout...

ANNA.

Pourquoi cela?

POTARD.

Mais, parce que... c'est toujours un bonheur quand une femme jeune et jolie comme vous n'est pas encore mariée

ANNA.

Monsieur...

Elle salue.

POTARD.

Mademoiselle...

Il salue.

ANNA.

Asseyez-vous...

POTARD.

Avec plaisir...

Il s'assied. — Un moment de silence.

ANNA.

Et vous avez fait un bon voyage, monsieur?

POTARD.

Plaît-il?

ANNA.

Je dis : Vous avez fait un bon voyage...

POTARD.

Mais, madame, je n'arrive de nulle part, excepté de chez moi, rue Chauchat, 17 *bis*.

ANNA.

Comment... monsieur, vous n'êtes donc pas le célèbre auteur italien, professeur de chant... Visconti del Bologna?

POTARD.

Moi, madame?

ANNA.

Celui que nous avons entendu à Nice l'hiver dernier, en compagnie de mon amie Caroline Midler...

POTARD.

Non, madame... non, je n'ai jamais été à Nice... et en fait
de professeur de chant... je ne joue que faiblement une partie de trombonne tous les jeudis, musique de chambre !

ANNA.

Ah ! monsieur, mais c'est extraordinaire comme vous lui
ressemblez ! il est vrai que je l'ai à peine vu ; mais mon amie
Caroline, qui se destine au théâtre, lui avait été présentée et
il était convenu que s'il venait à Paris il consentirait à lui
donner quelques leçons : avant-hier Caroline a justement
reçu une lettre de M. Visconti del Bologna... nous l'attendions et en vous voyant... j'ai cru que c'était lui ! Ah !
voyons... c'est vous... plus je vous regarde... et moins je
suis sûre de me tromper... on m'a bien dit que vous étiez un
original... mais ne niez pas... c'est vous...

POTARD.

Celle-là est bonne par exemple... (A part.) C'est une folle.
(Haut.) Madame, deux simples mots s'il vous plait... vous avez
à votre service une cuisinière qui répond au nom de Gertrude Piquet...

ANNA.

Oui monsieur...

POTARD, se levant vivement.

Ah ! enfin !... Vous ne devez pas y tenir beaucoup ?

ANNA.

En effet, monsieur...

POTARD, à part.

Ça me coûtera moins cher...

ANNA.

J'y tiens si peu... que je l'ai chassée hier soir !

POTARD.

Grand Dieu !... Et où est-elle ?

ANNA.

Ah ! monsieur, vous m'en demandez trop... je ne sais pas...

POTARD.

Allons, bien !... allons, bon !... Madame... Mademoiselle, agréez mes excuses... j'ai bien l'honneur ! je suis vivement contrarié... croyez que dans une autre circonstance... je regretterai toute ma vie de ne pas être le célèbre professeur Visconti del Bologna !

ANNA.

Mais monsieur...

POTARD, saluant.

Je vous salue, mademoiselle, je recours après Gertrude.

Il sort furieux. A la porte il se heurte contre Caroline qui entre.

SCÈNE V

LES MÊMES, CAROLINE.

CAROLINE.

Bonjour... chère... tu as du monde... mais cela ne fait rien, j'entre tout de même !...

POTARD.

Jolie personne... si je ne courais pas après Gertrude!...

ANNA.

Permettez, monsieur... un instant! (Présentant Caroline.) Mademoiselle Caroline Midler, la jeune personne dont je vous ai parlé,... et qui se destine au théâtre.

POTARD.

J'en suis bien aise... (Il va pour sortir.) Madame...

CAROLINE.

Monsieur... Ah !..

POTARD.

Quoi ?...

CAROLINE, lui sautent au cou.

M. Visconti del Bologna.

POTARD.

Encore !

ANNA.

Vous voyez, monsieur ?... je ne le lui fais pas dire...

CAROLINE, très-vite.

Ah ! que vous êtes donc aimable d'être venu !... Vous avez fait un bon voyage ?... Donnez-vous donc la peine de vous asseoir. (Elle prend sa canne et son chapeau.) Ah ! vous ne savez pas toutes les péripéties qui me sont arrivées. Figurez-vous que Gustave veut m'empêcher de me mettre au théâtre.

POTARD.

Gustave !

CAROLINE.

Mon prétendu !... Regarde donc s'il ne m'a pas suivie ! tout
à l'heure au tournant de la rue il m'a semblé le voir.

ANNA.

Tu te seras trompée.

POTARD.

Du moment que Gustave veut vous empêcher...

CAROLINE.

Oh ! je lui résiste... et il est dans une colère ! Moi, vous
comprenez... être au théâtre c'est ma vie... c'est mon rêve,
c'est mon araignée, une toquade quoi !

RONDEAU-VALSE.

Du théâtre
Idolâtre,
Sans plus hésiter,
Je veux débuter.
Comédie,
Tragédie
Et grand opéra,
Pour moi tout me va :
Athalie ou Rosine,
Esther ou Colombine,
Cléopâtre ou Titine,
Je suis tout cela.
Me voilà !

Chacun subira mon empire,
Et, que je chante ou que j'expire,
Je vois une salle en délire

Soudain éclater en bravos !
Et puis la foule, à ma sortie,
Malgré mon humble modestie,
Pour me prouver sa sympathie,
Viendra dételer mes chevaux.
    Ce joli rêve
    Ah ! qu'il s'achève !
    Et dès ce soir,
    Quel doux espoir !
    Du théâtre,
    Etc.

Et voilà, mon cher monsieur Visconti, pourquoi je vous ai écrit de venir ici.

POTARD.

Permettez...

CAROLINE.

Quel bonheur... quelle chance !... Oh ! j'ai bien étudié, allez... je sais déjà tout le répertoire... du grand maître... je suis en train d'étudier le 3e acte du *Barbier de Trouville ! !*... vous verrez cela... voulez-vous répéter tout de suite ?...

POTARD.

Mais je ne veux pas répéter... je veux m'en aller... Gertrude n'est plus ici... non... Eh bien... agréez, mesdames, l'assurance de la haute considération avec laquelle j'ai l'honneur...

CAROLINE.

Mais, monsieur Visconti...

POTARD.

Eh ! je ne suis pas Visconti... je suis Potard... Potardini, si vous voulez... Enfin je vous salue.

Il sort.

SCÈNE VI

ANNA, CAROLINE.

CAROLINE.

Qu'est-ce qu'il a donc, M. Visconti del Bologna ?

ANNA.

Figure-toi, ma chère Caroline, qu'il prétend que nous nous trompons de personnages.

CAROLINE.

Allons donc... est-ce que c'est possible?...

ANNA.

J'y ai été prise comme toi...

CAROLINE.

Ah ! bien, celle-là est bonne... Pourtant cette ressemblance... Après ça.... ça c'est vu... regarde le courrier de Lyon... les frères Lyonnet... Qu'est-ce qu'il veut alors ce sosie ?...

ANNA.

Il est venu s'informer de Gertrude.

CAROLINE.

C'est bien extraordinaire... Mais ne perdons pas une minute... tu veux bien me faire répéter...

ANNA.

Certainement... ça m'amuse tout plein... j'y mords !

CAROLINE.

Nous allons nous habiller... parce que, vois-tu, le costume !
faut savoir le porter ! viens... Je tremble que Gustave, qui est
colère en diable, vienne nous surprendre...

ANNA.

Tu verras que cela finira mal avec lui... Attends que j'aille
donner un coup d'œil à mon dîner.

Elle entre dans la cuisine.

CAROLINE.

Ça finira comme ça voudra... J'aime bien Gustave, mais je
veux être actrice...Oh! être actrice, avoir un public qui vous
regarde... qui vous lorgne... qui vous envie... qui vous ap-
plaudit, qui vous jette des bouquets !

ANNA, qui est revenue de la cuisine.

Quand il ne siffle pas !

CAROLINE.

Pour l'en empêcher, il faut travailler sérieusement, viens.

Elles entrent à droite.

SCÈNE VII

POTARD rentre par le fond. Il aspire fortement l'air avec ses narines.

On m'a trompé !... Cette demoiselle Gobin... qui est
fort jolie, du reste, m'a absolument fourré dedans... Pour
quelle raison... je l'ignore... mais Gertrude est toujours à
son service... En sortant d'ici je grimpe au sixième... j'in-
terroge les bonnes, qui ne savent rien... et j'allais m'en aller,

lorsque tout à coup... mes houppes nasales sont frappées
d'une odeur... Non, mais sentez-vous comme ça sent le lapin ici... et qui plus est le lapin aux confitures ?...

AIR.

I

J'étais en bas de l'escalier
Quand je sens une odeur suave.
Je monte alors jusqu'au premier,
Elle s'accentue et s'aggrave !
Bon ! je fais un nouvel effort.
Je gravis lentement et j'arrive au deuxième.
Ça sentait de plus en plus fort,
Et soudain je me dis à part moi-même :
C'est du lapin. (*Bis.*)
De son fumet j'ai l'habitude.
C'est du lapin. (*Bis.*)
Ah ! cette fois je tiens Gertrude !
C'est du lapin.

II

Pourtant, pour en être plus sûr,
vais toujours, je monte encore,
Et plus j'allais, plus c'était pur,
Plus ça sentait ce que j'adore !
Cristi ! j'étais au septième ciel
Quand enfin j'arrivai jusqu'au troisième étage.
C'était un sucre, un beurre, un miel !
Non, m'écriai-je alors, plus de flottage !
C'est du lapin. (*Bis.*)
De son fumet j'ai l'habitude.
C'est du lapin. (*Bis.*)
Etc.

Donc, elle n'est pas partie... Il me la faut... je la veux...
Oh! que ça sent bon... oh ! que ça sent bon... C'est là que
ça cuit...

Il entre à gauche. — On sonne au fond.

LA VOIX D'ANNA.

Qui est là?

SCÈNE VIII

GUSTAVE, entrant par le fond vêtu en porteur d'eau.

Ne vous dérangez pas... c'est le porteur d'eau.

LA VOIX D'ANNA.

Ah! bon... en ressortant vous ôterez la clef et pousserez la
porte.

GUSTAVE.

Très-bien... fouchtra!... (Changeant de ton.) Eh bien non...
je ne suis pas le porteur d'eau... je suis Gustave. Hier, j'ai
acheté Gertrude... Elle m'a tout appris... Ah ! mademoiselle
Caroline Midler... c'est ici que vous prenez des leçons pour
entrer au théâtre... Eh bien! c'est ce que nous verrons...

Il entre à droite.

SCÈNE IX

POTARD ressort par la gauche.

Ça y est... je le tiens... le voilà... (Il montre une casserole.)

Quel fumet... quelle odeur!... mon Dieu !... ah ! que ça sent donc bon!... Je le reconnais... voilà bien la confiture qui se marie agréablement au bouquet de persil et aux petits oignons blancs...

Il fourre son doigt dedans et goûte.

ANNA, sortant de sa chambre, costume espagnol. — A la porte.

Dépêche-toi... je suis prête. (Elle aperçoit Potard.) Ah !

POTARD.

Hein...

ANNA.

Ce monsieur qui fourre ses doigts dans mon dîner ! Qu'est-ce que vous faites là, monsieur?

POTARD.

Ça manque d'échalotte !...

ANNA.

Mais voulez-vous bien laisser cela...

Elle saisit la casserole et la dispute à Potard.

POTARD.

Puisque je vous dis que ça manque de montant.

ANNA.

Caroline, à moi... au secours !...

Caroline entre ; costume espagnol.

SCÈNE X

POTARD, ANNA, CAROLINE.

CAROLINE.

Qu'est-ce qu'il y a?

ANNA.

C'est monsieur qui a ma casserole.

Elle la tire à elle.

POTARD.

Vous allez la faire tomber.

Il la tire à lui.

CAROLINE.

Voulez-vous lâcher cela?...

POTARD.

La sauce va se répandre...

Caroline les sépare ; la secousse fait tomber son chapeau.

CAROLINE.

Comment ! monsieur de Visconti !

ANNA.

Dis plutôt que c'est un intrigant... puisqu'il soutient le contraire... Je vais chercher la concierge.

POTARD, à part.

Ah ! quelle idée pour rester... (Haut.) Non... non... c'est inutile...

ANNA.

Comment...

POTARD.

Chut... allez remettre cela sur le feu... Dépêchez-vous, ça va refroidir...

ANNA.

Mais...

POTARD.

Mais puisque je suis tout ce que vous voudrez !...

CAROLINE.

Ah !.. je disais aussi..

POTARD.

Allez donc remettre votre casserole sur le feu...

Anna reporte la casserole dans la cuisine.

CAROLINE.

Alors, monsieur, pourquoi avez-vous dit que vous n'étiez pas le professeur que nous attendions ?...

POTARD.

Pourquoi ?... Mais... (A part.) Je ne sors plus d'ici, je veux en manger ! (Haut.) Chut !... affaire politique...

CAROLINE.

Bah !

POTARD.

Oui, chut!...

CAROLINE.

Alors, nous allons pouvoir répéter...

POTARD.

Répéter... certainement... (A part.) Répéter quoi?

CAROLINE.

Anna...

ANNA, revient.

Me voici...

CAROLINE.

Viens vite... c'est bien lui, Visconti !... Mais il a des raisons pour se voiler. Va chercher Bartholo.

Anna entre à droite.

POTARD.

Bartholo?

CAROLINE.

Le costume de Bartholo... vous le mettrez, n'est-ce pas?... je ne peux pas répéter quand on n'est pas en costume... d'abord, c'est la première recommandation que vous m'avez faite.

POTARD.

Mais... permettez.

CAROLINE.

Oh ! je vous en prie, mon petit monsieur Visconti, faites
cela pour nous... (Elle le caresse.) Il est gentil...

ANNA, rentre.

Voilà Bartholo. La perruque...

POTARD.

La perruque...

On la lui met. — Jeu de scène.

ANNA.

Le manteau... (On le lui met.) La calotte !...

POTARD, criant.

Je n'en veux pas... bigre ! je n'en veux pas !

ANNA.

Faites-le pour nous deux.

CAROLINE.

Il est bien gentil !

POTARD.

Oh ! les enchanteresses ! Eh bien, voyons, qu'est-ce que
nous allons répéter ?

CAROLINE.

Je vous l'ai dit : *Le Barbier de Trouville.*

POTARD.

Trouville ! Lille ! Belleville !... Comme ça rime bien avec

Séville!... Qu'ai-je dit! Séville! Oh! l'Espagne!... oh! l'Espagne!...

BOLÉRO

I

Joyeuse ville
Des boléros,
Terre fertile
En hidalgos!
C'est là que brille
Le torréro,
Sous la résille
De Figaro!
Là qu'on sautille,
Quel vertigo!
Comme quadrille,
Le fandango!
D' zing! la boum! trou la la!
Aranjuez,
Alvarès,
Mançanarès,
Dolorès,
Cocodès
Et Gil Pérès!
Gibraltar,
Trafalgar,
Madagascar,
Zing! la boum!
Montélimar,
Castellamar,
Trombalcasar!
Boum!

II

O jeune fille,
Toi dont l'œil noir,
Sous ta mantille,
Brille le soir !
Quand tu frétilles
Comme l'on sait,
Et te tortilles
Dans ton corset,
On se houspille
Pour t'admirer,
Et chacun grille
De t'adorer !
D' zing ! la boum ! trou la la !
Aranjuez,
Alvarès,
Mançanarès,
Dolorès,
Cocodès,
Et Gil Pérès !
Gibraltar,
Trafalgar,
Madagascar !
Zing ! la boum !
Montélimar,
Castellamar,
Trombalcasar !
Boum !

La danse est interrompue par l'arrivée de Gustave, qui laisse tomber ses
seaux.

GUSTAVE.

Ah ! je vous y prends donc enfin !... mademoiselle !...

CAROLINE et ANNA.

Ciel ! Gustave !...

Elles se sauvent.

SCÈNE XI

GUSTAVE, POTARD, sa brochure à la main.

POTARD, gagnant la droite et feuilletant le manuscrit.

Gustave... où ça, Gustave ?... ça n'est pas dans la pièce, cela...

Il tourne une page.

GUSTAVE.

Et quant à vous... monsieur... à nous deux !...

POTARD, cherchant.

A nous deux... à nous deux... ça n'est pas dans la brochure... vous vous trompez de réplique, mon ami...

GUSTAVE.

Vous moquez-vous...

POTARD.

Mais je ne vois pas du tout la scène du porteur d'eau.

GUSTAVE.

Trêve de raillerie. Votre carte... voici la mienne...

POTARD.

Voyons... voici la mienne... (Il cherche.) Mais je vous assure
que vous vous trompez, mon ami... ca n'est pas dans la brochure; voyez-vous-même. (Gustave lui fait sauter sa brochure.) Mais
qu'est-ce qu'il a donc?

GUSTAVE.

Faut-il vous forcer à être brave, monsieur?

POTARD.

Qu'est-ce qu'il a donc?

Il recule.

GUSTAVE, marchant sur Potard.

Ah! vous donnez des leçons de cancan à ma fiancée!...

POTARD, tournant devant Gustave.

Prenez donc garde.

GUSTAVE.

A votre âge! s'habiller en Polichinelle... et vous ne rou-
gissez pas de pousser les jeunes filles à l'abîme!...

POTARD.

Mais, monsieur...

GUSTAVE.

Vous m'en rendrez raison.

POTARD.

Mais voyons donc... voyons donc... est-ce pour de bon ou
pour de rire?

GUSTAVE.

Si c'est pour de bon !...

Il prend la perruque et le frappe avec. — Potard se sauve de chambre en chambre. — Il le poursuit. — A la fin, Potard n'a plus qu'un pan de son habit. — Anna et Caroline rentrent et s'interposent.

SCÈNE XII

Les Mêmes, ANNA, CAROLINE.

CAROLINE, se jetant entre eux.

Gustave, arrête...

GUSTAVE.

Non... je veux sa vie.

CAROLINE.

Arrête... et je te jure que je renonce au théâtre.

GUSTAVE.

Parole d'honneur?

CAROLINE.

Parole d'honneur...

ANNA.

Monsieur, vous n'avez plus rien à craindre...

POTARD.

Ah! c'est heureux !

Il tombe dans un fauteuil.

CAROLINE, s'approchant.

Mon Dieu, comme il est défait!...

POTARD, respirant à peine.

Ah ! Seigneur !... Vous ne pourriez pas me donner...

ANNA.

Un verre d'eau sucrée ?

POTARD.

Non... (Se levant.) un peu de lapin... celui qui est là... qui mijote sur un feu doux...

ANNA.

Avec plaisir.

Elle entre dans la cuisine.

GUSTAVE.

Monsieur, je vous réitère mes excuses... (Il va à lui.) Caroline me dit que vous êtes venu de Bologne exprès pour cela... Il est juste que je vous indemnise...

CAROLINE.

Monsieur Visconti, croyez bien...

POTARD.

Allez vous promener, je ne suis pas Visconti!... je ne suis pas professeur... je ne suis pas Bolonais...

GUSTAVE.

Qui êtes-vous donc, alors?

POTARD.

Je suis un rentier du Marais qui demande Gertrude.

ANNA, qui rentre avec un plat dressé.

Gertrude ! mais, monsieur, je vous ai dit qu'elle n'étai.
plus à mon service.

Elle dépose le plat sur la table.

POTARD.

Alors, madame, qu'est-ce qui a fait cuire ça ?...

ANNA.

Mais c'est moi, monsieur...

POTARD.

Vous ?... allons-donc !... Il n'y a qu'elle, qu'elle seule, qui
connaisse la manipulation de ce mets... pour lequel je donnerais tout ce que je possède...

ANNA, riant.

Elle seule ! mais monsieur c'est moi qui l'ai appris à Gertrude.

POTARD.

Vous ! !

ANNA.

Quand elle est devenue ma cuisinière, il y a deux ans...

POTARD, transporté.

Vous !... c'est vous qui... le lapin... la confiture, l'échalotte... le persil et les petits oignons ! vous... et vous êtes
jolie... et vous avez vingt-deux ans, et vous êtes libre... et
vous aimez le lapin aux confitures... et je suis sûr que les
pompiers vous sont indifférents... Ah ! mademoiselle, je vous
prends à mon service !...

ANNA.

Mais, monsieur...

POTARD.

Non... c'est une bêtise... alors... prenez-moi au vôtre...

CAROLINE.

Tiens, nous ferions les deux noces ensemble.

POTARD.

J'ai dit que je donnerais tout ce que je possède... Oh ! laissez-vous toucher... je ne suis pas beau, allez... mais je suis joliment bêt..... je veux dire joliment bon.

ANNA, riant.

Hé bien dam, monsieur... nous verrons ça...

POTARD.

Bravo !... Et en avant le boléro du *Barbier de Trouville.*

REPRISE DU BOLÉRO

I

Joyeuse ville
Des boléros,
Terre fertile
En hidalgos !
C'est là que brille
Le torréro,
Sous la résille
De Figaro !

Là qu'on sautille,
Quel vertigo
Comme quadrille,
Le fandango !
D' zing ! la boum ! trou la la !
Aranjuez,
Alvarès,
Mançanarès,
Dolorès,
Cocodès
Et Gil Pérès !
Gibraltar,
Trafalgar,
Madagascar,
Zing ! la boum !
Montélimart,
Castellamar,
Trombalcasar !
Boum !

II

O jeune fille,
Toi dont l'œil noir,
Sous ta mantille,
Brille le soir !
Quand tu frétilles
Comme l'on sait,
Et te tortilles
Dans ton corset,
On se houspille
Pour t'admirer,
Et chacun grille

De t'adorer !
D' zing ! la boum ! trou la la !
Aranjuez,
Alvarès,
Mançanarès,
Dolorès,
Cocodès,
Et Gil Pérès !
Gibraltar,
Trafalgar,
Madagascar !
Zing ! la boum !
Montélimar,
Castellamar,
Trombalcasar !
Boum !

FIN

Clichy. Imp. PAUL DUPONT, rue du Bac-d'Asnières, 12.

Publiées par **BRANDUS** et **DUFOUR**, éditeurs

103, RUE DE RICHELIEU, 103

PARTITIONS POUR CHANT ET PIANO

Avec paroles francaises

Format in-8º.	NET.	Format in-8º.	NET.
Adam. Farfadet (le)........	8 »	**Flotow**. L'ombre..........	15 »
— Giralda................	15 »	— Stradella..............	15 »
— Houzard de Berchini (le).	10 »	— Zilda................	12 »
— Pantins de violette (les)..	6 »	— Pianella....·........	6 »
— Postillon de Lonjumeau	12 »	— La veuve Grapin........	6 »
— Poupée de Nuremberg (la)	8 »	**Gastinel**. L'Opéra aux fenêtres	6 »
— Toréador (le)..........	10 »	**Gluck**. Iphigénie en Aulide.	7 »
Auber. Actéon.............	8 »	— Iphigénie en Tauride....	7 »
— Ambassadrice (l').......	15 »	**Grétry**. Richard Cœur de Lion	7 »
— Barcarolle (la).........	15 »	**Jonas**. Le roi boit........	6 »
— Bergèro châtelaine (la)...	15 »	**Lecocq**. (Ch.)Fleur-de-Thé..	10 »
— Chaperons blancs (les)...	15 »	— Gandolfo.............	6 »
— Cheval de bronze (le)....	15 »	— Le Testament de M. de	
— Diamants de la Couronne	15 »	Crac................	6 »
— Dieu et la Bayadère (le) .	15 »	— Le Barbier de Trouville.	4 »
— Domino noir (le)........	15 »	**Louis** (N.). Marie-Thérèse..	20 »
— Duc d'Olonne (le).......	15 »	**Maillart**. (A.) Dragons de	
— Enfant Prodigue (l').....	20 »	Villars (les)...........	15 »
— Fiancée (la)............	15 »	— Pêcheurs de Catane (les).	15 »
— Fra Diavolo...........	15 »	**Mendelssohn**. Élie, paroles	
— Haydée...............	15 »	françaises et allemandes	12 »
— Lac des Fées (le).......	20 »	— Paulus (Conv. de St Paul).	8 »
— Lestocq...............	15 »	**Meyerbeer**. Africaine (l'),	
— Muette de Portici (la)....	20 »	*édition de luxe*........	30 »
— Neige (la).............	10 »	— *La même*. édit. populaire	20 »
— Part du Diable (la)......	15 »	— Africaine (l'), 2e partie...	12 »
— Philtre (le)............	15 »	(Cette partition contient 22 morceaux	
— Serment (le)...........	15 »	qui n'ont pas été exécutés à l'Opéra).	
— Sirène (la).............	15 »		
— Zanetta..............	15 »	— Etoile du nord (l').......	18 »
— Zerline, ou la corbeille		— Huguenots (les).........	20 »
d'oranges	15 »	— Pardon de Ploërmel (le).	18 »
Bach. (J-S) Passion (la) orato.	10 »	— Prophète (le)..........	20 »
Bazin. (F.) Trompette de M. le		— Robert le Diable........	20 »
prince (le)...........	8 »	— Struensée..............	8 »
Beethoven. Fidelio........	8 »	— 91e Psaume, motet à huit	
Bellini. Somnambule (la) par.		voix.................	5 »
françaises et italiennes.	10 »	— Cantate à Schiller.......	4 »
Bourges. (Maurice). Sultana	8 »	— *Quarante mélodies* à une	
Caspers. Dans la rue.......	5 »	et à plusieurs voix......	12 »
Costé. Les horreurs de la		**Mozart**. L'Impresario.......	6 »
guerre................	8 »	**Nicolo**. Billet de loterie.....	8 »
Déjazet. (E.) Fanchette.....	8 »	— Cendrillon.............	10 »
Delibes. Les 2 vieilles gardes.	6 »	— Jeannot et Colin........	10 »
— L'Écossais de Chatou....	6 »	— Joconde..............	12 »
Devienne. Visitandines (les).	7 »	— Rendez-vous bourgeois .	8 »
Dufresne. (A.) Valets de Gas-		**Offenbach**. Robinson Crusoë.	15 »
cogne (les)............	8 »	— La Grande-Duchesse de	
Ernest II. Diane de Solanges	20 »	Gérolstein............	12 »
Fétis. Le major Schlagman.,	6 »	— La Périchole	10 »
Flotow (de). Martha........	15 »	— La princesse de Trébizonde	10 «

Offenbach. Les Bavards.... 10 »
— Les Deux Aveugles..... 2 »
— Les Deux Pêcheurs..... 3 »
— Lischen et Fritzchen..... 5 »
— Mesdames de la Halle... 6 »
— La Nuit Blanche........ 6 »
— La Rose de Saint-Flour. 6 »
— Tromb-al-ca-zar........ 6 »
— Vent du soir........... 6 »
Rossini. Comte Ory (le).... 15 »
— Moïse................. 20 »
— Robert Bruce.......... 20 »
— Siége de Corinthe (le)... 20 »

Sacchini. Œdipe à Colone.. 7 »
Schubert. (F.). Quarantes mélodies choisies, allemandes et françaises... 7 »
Spontini. Olympie......... 20 »
Thomas (A). Roman d'Elvire (le)................... 15 »
Weber. Freychütz, avec récitat. de Berlioz........ 12 »
— Euryanthe, paroles françaises et allemandes.... 10 »
— Obéron, paroles françaises et allemandes.......... 8 »

Avec paroles allemandes, italiennes ou latines

Auber. Fra Diavolo, paroles italiennes............. 18 »
— Muta di Portici (la), paroles italiennes......... 20 »
Bellini. Sonnambula (la), paroles italiennes....... 10 »
Flotow (F. de). Marta, paroles ital. et all........ 18 »
— Stradella, paroles italiennes et allemandes..... 18 »
Meyerbeer. Affricana (l'), paroles ital et all....... 20 »
— Profeta (il), paroles italiennes et allemandes... 20 »
— Roberto il Diavolo, par. italiennes et allemandes. 20 »
— Dinorah ossia il Pellegrinaggio di Ploermel, paroles italiennes et all... 18 »

Meyerbeer. Stella del Norte, paroles italiennes...... 18 »
— Ugonotti (gli), paroles italiennes.............. 20 »
Nicolaï. Templario (Il), paroles italiennes........ 8 »
Rossini. Stabat Mater...... 8 »
— Messe solennelle à quatre voix, soli et chœurs, avec accompagnement de piano et orgue (la partie d'orgue ad *libitum*). .... 15 »
— *La même*, édition de luxe. 25 »
— Messe de *Requiem* à quatre voix avec accompagnement de piano, musique tirée de différents ouvrages de Rossini... 10 »

ÉDITION POPULAIRE
D'OPÉRAS, D'OPÉRAS COMIQUES ET D'OPÉRETTES
PARTITIONS CONFORMES AU THÉATRE
Contenant paroles et musique sans accompagnement

Format de poche.

N° 1. **Auber**. Fra Diavolo... 3 »
— 2. **Adam**. Le postillon de Loujumeau.......... 3 »
— 3. **Meyerbeer**. Robert le Diable .... 4 »
— 4. **De Flotow**. Martha... 3 »
— 5. **Maillart**. Les Dragons de Villars.......... 3 »

Format de poche.

N° 6. **Auber**. La Muette de Portici.............. 4 »
— 7. **Offenbach**. La Grande-Duchesse de Gérolstein. 3 »
— 8. — Le Violoneux........ 2 »
— 9. **Auber**. Haydée........ 3 »
— 10. — Le Domino noir.... 3 »

(Sera continuée.)

Ces partitions sont recommandées spécialement *aux spectateurs pour suivre la musique au théâtre*, aux artistes dramatiques pour remplacer la copie des rôles, aux sociétés chorales.

ÉDITION FORMAT IN-8°

LE REPERTOIRE DU CHANTEUR

Recueils de morceaux de chant, avec accompagnement de piano, des plus célèbres compositeurs anciens et modernes.

CLASSÉS POUR LES DIFFÉRENTES VOIX

Pour ténor (3 vol.), pour baryton (3 vol.), pour basse (2 vol.). pour soprano (2 vol.), pou mezzo-soprano (2 vol.), pour contralto (2 vol.), duos pour ténor et basse, deux sopranis ténor et soprano, soprano et basse, et un volume contenant 60 morceaux approprié aux exercices de chant dans les pensionnats. Chaque volume, net, 12 francs.